涙のカタログ

目次

黒より冷たい海のメディア

指に刺さった　映像で
つくった水面　骨と爪

皮膚の砂浜　濡らすのは
通過する波　通話した（かった
から、光った　うすい海

黒く湿った　白い靴
水平線は　あったかい
ひとりの夜に　月はない
うつくしいのは　ふたりであることだけだった

だから、
寝息で揺らぐあなたの頬の毛を抜いて、睫毛にする。この左右の目蓋に細い毛を埋める。そうすれば、ずっと見ていられると思ったんです。一緒にいるより、ずっと眺めていたかった。戦争のニュース、明日の朝食、帰り道で撫でた犬。すべてがあなたより遠くに存在するようになる。あの頬で透けた金色はきれいだった。揺れていた。あの日の水平線みたいになりたかった。あなたの睫毛だけが、私を世界から隔ててくれました。

こぼれた海が
つたう、つたう
たくさんの会話がほどけて
ゆっくり上下するまぶたから
はじけた砂で、濡れた
すべてが海になって
つたう、つたう

ことばを
つたう（波に揺らぐ
わたしの右手だと思っていたものの向こうに、青い右手が見える（この指の隙間を別の指が通過して、滲んだ汗がふたりをひとつにした。あの日から、鎮痛剤を飲むようになりました（涙がこぼれやすくなりました。月が光りました（神さまになりました。目蓋を破る朝日で頭痛がしたから、マニキュアにしてやりました（透明な爪を剥がすと
ガラスの向こうで
表と裏のある太陽が
葉をめくり
影を伸ばしている

この影の理由を探している

Still life

この部屋の窓は曇りガラスだから、外に広がる世界が見えることはない。世界はいつもボケていて、街の喧騒も、人の感情も、一色になるまでボカされ尽くしていた。部屋から足を踏み出すことはない。部屋から出ることは自分とは関係のない様々を受け入れることだったから、曇りガラスに背を向けて、別の、透明な窓越しに高彩度の精細な世界を覗き込む。眼下にひろがる海原は秩序なき構造の上で子どもたちを生成し遺伝子の拡散を繰り返す。

原始の地球には起伏がなく、そこは塩水が塗られただけの平らな球だった。何かの間違いで迷い込んだ一匹の魚が死んだとき、地球の平たさは失われて――

存在がはじまった。

窓の向こうの風景を親指と人差し指でつまんで拡大する、海に触れたいと思ったから。そして私は、部屋のもっと奥の方へと侵入する。だけどそこにはボケた青があるだけで、何にも触れることはできなかった。ボク、僕、私の目から塩水がこぼれた。

それは平らな窓を濡らして海を、海の原子を作ったんだ。

涙—1

「なんだか、さみしい感じですね」

どうにか完成した僕の展覧会に足を運ぶ度に同じことを言うあなた。ずっと忘れることができない。そこに置かれた「さみしい」には悲しい印象も同情の匂いもなく、ただ水が流れたから濡れた、みたいにまっすぐ僕のなかの真実となる。沁み込んだ。だから僕は、僕のなかを湿らせたままの、そのさみしさについて、言葉を配列したいと思ったのです。

うれしいとかなしいが
ひとつになる
痛い、気持ちいい、嫌い、吐きそう

愛してる、近づかないで
すべてが等しい重量でまぶたに色を付ける

もっとこっち来て(穴が空くよ?)。こぼさないで下さいとあなたが言う。
手を握ると汗で濡れた、汚い。ごめんなさい。

ゆれたら、あふれちゃうから
あなたの水平線を盗んで
線から面にする、それをひろげて海にする（絵画になる）
水面に時間を流す
幼い爬虫類のような白くて細い
太陽が海面を走り、まわり
はじけた光で網膜が濡れる
生と死が砕けて、鈴が鳴る
あなたの育った街に向かって太陽が沈んでいく

発電が終わる、光が消える、僕が濡れた

これは涙のカタログです。このカタログは整理できなかった過去のためにあります。諦めではありません。未整理のものたちに居場所を与えたい。涙の理由をひとつにしたくない。母の死因は落下でした。あなたの涙は、あなたのためだけに流してもいいのです。

ページがめくられると、景色がめくられる。

腐った親指

グラスが割れて水が流れ出るのと同時に、グラスは水になり、水がグラスになった。この手を伸ばして、それを掴もうとすると、窓が開いて名前を知らない人の髪の甘い匂いが鼻腔に流れ込む。海馬が口内に吹き出す。遠くにあるものが大きく見えた、シナプスの味がした。部屋の隅に溜まった埃の、雨の日の湿りきった塊と同じ味。右耳から聞こえる音が加速すると同時に、左耳が遅延していく。頭部と胴が逆向きに回転した。

涙—2

父は解剖学者だった。治療のためではなく、人の身体を切り、脳に触れる日々のなかで僕は生まれた。書斎には死者の裸体が掲載された本と、生者の裸体が掲載された本が置いてあった。夏休みには魚の解剖をするのが恒例だった。食べられるためでなく切り分けられていくものたちの眼はつやつやと光っていて、永遠に閉じることがない。それは僕と似ていた（似ていたかった）。別の夏休みには、山で猪の解体を見た。剥き出しの木の幹に吊り下げられたままトレーナーを脱ぐように剥がされていく毛皮。そうしてばらばらになっていく身体と、この身体の、折り合いのつく理由が欲しかった。

もしかしたら、魚のエラのすきまに二本の指を差し込んだ瞬間、このまま奥まで押し込めば銀色の細い口から片方の指先が飛び出すんだけど、それは少し不気味に思える、赤くてザラザラした呼吸器、の、壊れてしまいそうな不安定さ、にもかかわらず表情を変えないのが、魚、なのでそこで濡れた指、が、僕にとっての現実のかたちだったのかもしれない……これは誰の記憶だろう。

僕の、もしくはあなたの、そして僕たちの、あるいはたぶん、ちょっとだけ切られた。

すべてが現在のなかで編集され続けている。

ボイジャーのゴールデンレコード

私から語りかけるしかないけれど私の言いたいことを押し付けるのではなく、あなたによって、私を見つけてもらい、強い関心を抱いて欲しい(だけどあなたの声を聴く方法はなかった)。こうして人類は地球の独り言を発明したのです(それはまるでラブレターのようだった)。

恋空

あの頃はまだ
私の傷は、私だけのものでした

キセキ

角がまるくなった教科書を抱えながら「よろしくね」と、微笑む彼女の笑顔はいつかの誰かと似ていた。はじめて見るのに不思議。席替えという出会いと別れ。これは中学生のときの話です。教室のなかを黒い制服を着た生徒たちが右往左往する、そんな生徒たちの波のなかで、彼女の笑顔は水面で反射する太陽みたいに砕けて感じられた。

僕たちの中学校は海の上に建っていた。授業に飽きた生徒は波を眺める。窓が開くと音がする。水面の向こうの、目に見えない生き物のにおいが授業のなかを通過する。海鳥が魚を食べるのが見える。CDが回る。海の向こうの国で流行っている歌をみんなで歌う。バッドデイ。英語を日本語にする授業。

分からないと君は言う
嘘をつくなと僕に言う
君は無理して
笑って
どこかへ出かけて行く

プランクトンが増え過ぎると波が赤くなることを知ったのは、高校生になってからだった。

海の近くに住んでいても海に詳しいわけではない。だから理由が分からなくて、海が赤いのは工場の油だと思った。YouTubeで観たエヴァンゲリオンでは海は死の世界だった。なにものも生きてはいない場所、赤い海。好きな人にその話をしたら「オープニングは知ってるよ、残酷な……」「天使のテーゼ」。相手の作った沈黙を早口で埋める。自分のしたことが恥ずかしくて汗がつたう。首が濡れる。窓から紙飛行機を投げたら、飛び立って、先生に怒られた。波に消えた。

前回の席替えで隣になった人のことを好きになってしまった僕は、誰もいない教室で告白をした。四ヶ月前のことである。部活が終わると夕日で赤くなった空の下を毎日二人で歩く。

「でもなんで青くないんだろうね」
「いのちが溢れているからなんだって」
「つないでもいい？」

いいよ、と言う代わりに、彼女の爪が指の隙間を抜けて手のひらをすべる。透明なマニキュアで濡れた指先がつめたくて気持ちよかった。遠くを見ると、サーフボードに乗った人たちが波の上をすべっていた。あの頃の僕たちはいつだって急いでいた。抱きしめると、白いシャツの上に浮き出た下着のラインが薬指にあたる。自分と違う人なのだということを確認する。

「赤いね」

僕たちの中学は数年前まで高校だった。でも廃校になって、誰もいなくって、十三歳のときに僕たちの学校になった。
渡り廊下の端には巨大な水槽がある。海水を汲み上げて、そこで生き物を育てていたらしい。だけど今は空っぽだ。代わりに、それぞれの教室の後ろには小さな水槽があって、そこで右往左往する魚。パクパクする口。今日も二人で下校する。餌をやると懐く。
席替えをするまでは一日中近くにいることができたのに、今は違う、遠い、隣を見ると、別の顔をした女子生徒がいて、目が合うと笑う。それは誰かに似ていた(気がした)。

隣にいる人のことを運命の相手だと思ってしまう人は、はじめて見たものを親だと思ってしまう鳥である。できるだけ無責任なラブソングでウォークマンを埋め尽くす。一曲のなかに出会いと別れが押し込まれた歌は、運命という言葉の欺瞞をまるごと受け入れてくれるみたいで救われる。
今日の海は少し青くなってピンクだった。

冷めてきたとか、考える前に振られた、
そのとき考えていたのは
隣の笑顔についてだった
多分、席替えのせい
二人の道をゆっくりと
ほどいて結ぶのは無理
人生はミサンガじゃないのだから

教室から見える朝日が見たくて、誰よりも早く登校する。だけどすでに不良たちがいた。使われなくなった水槽のなかに消火器を投げ込む。栓がはずれてピンク色の粉が爆発した。大きなガラスが霧で埋まる。無傷だった。割れてなかった。消火器を投げたのが自分じゃないのが悔しくて、喉の奥が火照る。悪い日。汗がつたう。

運命じゃないから傷つかないよ。僕の代わりに死んでくれたものたちに救われるのは身勝手でしょうか。海面で反射した太陽が消火器の粉を照らす朝。水面で朝日が踊っている。霧のなかに光が浮かんでいる。教室のなかへと流れ込んだピンク色が海の太陽で真っ赤になる。ああ、生きてんだね。舞い上がる粉。うれしかった。光っていた。学校のなかに太陽の道ができる。

それを見ながら右手と左手を合わせて胸の前で恋人つなぎにすると自分の感情を理解することができました。運命は嫌いです。

ほしのこえ

画面が真っ白になり、二人の声が重なり合って響いて、その中央に縦書きで「ここにいるよ」という言葉が表示される。そうして本作は幕を閉じる。これがラストシーンだ。恋する相手の不在が、その不在を越えようとして残された言葉が、ノイズにまみれて届かないことの切なさが、ひとつの映像表現へと収束する。

現前こそが不在の可能性を意味し、不在こそが実在を喚起するような恋する相手のゆらぎ。光年性。それは自動手記人形の等価物であり、その抽象的な存在形式である。

涙—3

走ること
止まること
止められないもの
つたうもの、つたってつたわるもの、
今、ここにある言葉と同じように真下に向かって……

サイト／ノンサイト
美術館に持ち帰られた貝殻は
人間の骨と一緒にすり潰されて粉になって
床を、
美術館の壁みたいな白色にする、

ここは墓場ではなく葬儀場だったのです
それらの矛盾は下降する
加工されて火口から（こぼれて）
噴き出て
上昇する
落下、通過、通話した（かった（のに、できない））
ままで、ここにあるままの
孤独を、僕のものではなく
二人のものにする
思い出を誤変換するとイメージが頬を通過して
首筋まで走る（落下する涙）

固有名詞は過去に
単数系は未来に
属する、そうであるのなら……。

骨が溶ける

海が　沈む
海に　ではない
海が沈み、
かわく
まだ魚は泳いでいた
太陽が昇る、溶ける

　骨が溶ける

そして
ヒカリの肌はゆっくりと落下した。骨がないから音はしない。うれしい
という言葉が脳内で反射した。波の音にかき消された視界。砂埃で湿っ

た目尻が喋り出す。時がこぼれ、あふれる。まだ遠い大地。あなたの話を聞きたいのに、ゆっくり落下する私たちの肌。不安のあまり触れることすら忍びながら小刻みに震え、沈黙のなかで見つめ合う。

あの日、めくられた景色を
ずっと探していた
それはかつて　海と呼ばれていた

金色にかがやく産毛
頬骨を覆うやさしい肌を
ていねいに剥がすと
指が濡れる
死んで欲しいとは思ってはないけれど
生きていて欲しくないの

（ガラスを裏返してもなにも変わらない）

ガラスの向こうで
表と裏のある太陽が
葉をめくり
影を伸ばしている
屈折した光が
私の片面をあたためた

スカートのなかを通過する朝の息吹。電車が走る、景色が走る。雲が届く。ページがめくられる、肌がめくられる。まだ見たことない線の厚み。景色がめくられる。どこまでも傍観者のヒカリは、なにかが形になる前に喋り出す。今より大切な未来について考えることができるようになりたいのに。砂浜をすべる想い。そこには、誰かがいたという事実だけが主語を欠いて存在していた。それだけが目尻を濡らします。すべてが言

葉になり、指先からは文字が溢れ、
　骨が溶ける。

剥がした皮膚を重ね
ゆっくり
濡らすと　かわいて落ちる
砂浜が残った

（ガラスを裏返してもなにも変わらない）

プロジェクターと
壁の
あいだに右手をかざす
と、片面が星空になる

落下した二人の皮膚の表と裏をチグハグに縫い合わせると、それは泳ぐ魚になった。産毛の生えた魚の、網膜のねばつきで濡れた皮膚は火照っていた。骨のない景色と出会えたことがうれしい。だから、これからは声を出さなくてもいいいんだよ。

誰にも会ってないのに手を洗って、うがいする。

待機する

連なることが意味を持つのなら私たちの吐く息で蝋燭の火を消したい（とは思えなかった）。ふたつのすぼめられた唇からあふれる息を混ぜ合わせることでひとつの炎を消してしまいたい（と思いたかった）。息なんて吹かなくても風が過ぎて火が触れる。ふたつの心を重ね合わせると揺れる（揺れない）。待機する（しない）。本を読みたい（とは思えなかった）。だけど焦る（のはいやだから／消えて）。すぼめられた唇はあの日の屋上で横になったまま見た富士山のように先っぽに皺を寄せながら待っている。噴火する（冷たいマグマ）。もう空は青くあたたかくなっていてだからもう（しない）。したかった。待って。待ちたくない。駆け抜けて曲、かけて。止めて（止めないで）指。に、釘、指す。出る、血。あふれた（吸い込む）。ありふれた逆再生の噴火。冷たいマグマ。鉄が刺さった指から鉄の味が走り出す(とは思えなかった)。蝋燭を近づけると嫌そうな顔をしたあなたが唇を震わせる(のはいやだから)。舐めて、こぼす。もう少しだけ知識が欲しい。落ち着いて、吸って、吐いて。はじめてのことだから難しいよね。海。青くないんだってことを教えてあげたい。別に、いつも。いつだって。灰色で消えかけの蝋燭みたいに不安定なままの僕はたぶん苦いコーヒーで染みたまま洗っていない指のしょっぱさをつかって謝るのは嘘みたいだから、たぶんこれはあなただけの問題ではない。僕のせいで困らせてごめんなさい。灰皿。しかし誰かの意思によってなかったことになりたい。街灯に照らされた男性器。どうにかしてほしいという気持ちと、どうにでもなれというのはまったく違う。波なのか海なのか。そもそもどこからが空なのか教えてほしい(とは思えなかった)。まだ揺れている火と火はふたりの関係を客観視するための北京ダックなのです。

いたいから

窓をあけると展覧会が入ってくる、風が吹いて髪が散る、顔の側面がチリチリと痒くなる、声が聞こえる、明かりの消えたままの寝室、外を走るタクシーのヘッドライトで影が歩く。ガラスに手を押し当てて、横に動かして、無理やり窓を閉めると音が消える。
とてもいたくて、いたいから、ここにいたいから、あの人がいてもいなくても何も変わらないのはさみしいから……

そんなあなたを
遠くから見ていた私は、
あなたのための展覧会です
あなたの今日を記述する

プログラム（隔離式濃厚接触室）
あなたの触れたガラスから侵入する
非人称の告白（さようなら）

こぼさないで涙。流さないで痛み。忘れないために残す画像。この傷は
私だけのものだから窓を開けても音はしないのです。

ニュースにならない失恋をしたい、
していたいから、まだ生きてる。

葛西臨海水族園

それは涙と呼ぶには無感情で、青過ぎて、鏡と呼ぶには私と無関係に黒ずんでおり、だけど、夜と同じくらいじっとしていた。

機械仕掛けの涙で
君たちの頬を照らす、落ちる
ために、迷い込んだ羽虫の
透明、が
偽の光で青く透けたのを覚えておく

（シャッター音）

奴隷と呼ぶには大切にされすぎているものたちが、しかしどのような権利も
与えられず、生きるという義務のみを背負ったまま、なにかを育てることも

許可されず、ただ生きて、ただ生きていて、そんな分厚いガラスに全身を寄せると、冷たくもなくぬるく、ここそこがどのように違っているのかを確かめることもできぬまま外に出る。飛ぶ。人間の頬の上で立ち止まる。鋭い悲鳴が夏空を通過する。そして私の何倍もの質量を持った肉が、私を払いのける。

あなたの頬の上
一時的なほくろのように足を休める羽虫が打ち捨てられて
天井の
近代的なスリットから
差し込む太陽と踊る、死ぬ

星のない海
それは出会いとよく似た別れでした

種の季節性誤変換

わたしといふ現象は……

白い海へと　溶け出した
死んでも伸びる　ぬるい爪
あなたの部屋で触れた（かった
指、淵から　届く電子

右から左　上を下に
揺れる船首　僕の指
からだから文字が生じて
迷子の声で変針す

／返信をする

変換ミスで本当のことを言う君のことを好きになった僕が服を着たまま浮かぶ海。結晶化した二人は浜辺の金剛石（タッチパネル）。昨日買ったシャツが濡れていた。縫目で産まれる塩。あなたの目尻は砂漠のオアシスです。割れた、日々。その名前は常に二重の意味にひらかれている。興味がないから詩にすることができる現実、まつ毛のような風が嬉しい。寂しい。変換ミスを使って嘘に形を与える、とてもうつくしい新種。理由と結果を入れ替える。口に出せば同じなのにラインにすると意味が変わる想い。線を引くのが怖い。左右に動いて滲む真実、手足の数。連なることが意味を持つのなら私たちの吐く息で蝋燭の火を消したい（愛してるの代わり）。二人の吐息は昼を夜にすることができる。あなたの笑顔を新居の窓にさせて。表情がないから嘘をつける。絵文字は言語ではありません。

白い海へと溶け出した
左右の君から

流れ込む音　入口は
二つあるのに　ひとつだけの出口（針が揺れる
涙が骨盤から溢れて
つたう雫に名前をつける
冷たい、声　柔らかい君の唇と
あの日の水槽は
随分違う　から別の、人
の顔を思い、浮かべて
水面をすべる船

性が
変換する／返還される
景色を鳴らす　飼い慣らす
馴らして濡らす　思い出を
平す、大地のない星　すべて海に
溶ける（ラインはない

明日の恋人は青い
静電気　皮膚、水
進化論という比喩
一本の線が骨を裂き
音が、に
鳴る、成るから
スカートがめくられる／景色をめくる
この右手は

君という世界の使者なのです

あらゆる年齢の子供たちのためのパーソナルコンピュータ

生まれたての子供が言葉を覚えるよりも早く習得するコミュニケーションの方法はそれぞれの時代や地域の特徴を示しています。だけどいつの時代も涙を流すことは、言葉に先行するでしょう。しかし涙に複数の意味を持たせることは言語習得以上に困難です。うれしくて泣く子供を見たことはないけれど、あなたはうれしいときに涙を流す。涙がよろこびの表現であることは、時代や地域を問わずに大人の特権なのです。それは逆説的に、子供のよろこびがハードウェアとしての身体を不要としていることを意味しています。

自動手記人形

言葉が通じなくても愛し合うことはできる。だけど恋人たちは何かを共有したいと思っていた。だから代筆者たちが私たちの現実を誤変換する。

夢を
見ていました
とても長い
夢を
見ていました

非人称の母が燃え
父が千切れ……

武器であった私が見ていたのは戦争の夢です

サイボーグの読み書きが、男性／人類の没落——ことば以前、書くこと以前、男性／人間以前の昔むかしに存在したかもしれないような全体性をめぐる想像力——に関わる存在であってはならない。サイボーグの読み書きは、生存のための力——起源における無垢に立脚した力ではなく、自らを他者として刻印した世界を刻印するツールを抑圧する過程に基づいた力——に関わるものである。

目には見えないものにかたちを与える仕事。そのために私は、武器から人形になる。それはあなたになることのできる人形。それはただの穴である。そうしてあなたになって、あなたの愛する人のための言葉を書く。あなたの存在を誤変換する。

「いつかきっと、見せてあげるね。お父さん」

海が　沈む
海に　ではない（海の向こうで戦争がはじまる）

涙—4

走ること
止まること
止められないもの
つたうもの、つたってつたわるもの、
今、ここにある言葉と同じように

真下に向かって落下する涙が海になる
下から上にむかって世界が制作されていく

「はじめまして！
プロフィールの写真すてきですね」

上下に

上から下へと

あなたの代わりはいないとわかっているのに……

また失敗が
繰り返されて
涙が
落ちていく

落ちていく

名前たちのキス

「空襲のときにね、名前の分からない死体をコンクリートと一緒に流し込んで隠したんだって」

だれもいない埋立地、

形だけの工場が並んでいて、強い風がふたりの髪の毛をかき混ぜる。その音をかき分けてカソードが「ネットで読んだだけなんだけど」とくちごもった。百年近くも昔の話じゃんねと思いながらゴムサンダルの裏をゴツゴツした床に擦り付けるアノード。

暗渠の奥から腐臭が吹き出している。それは髪をざらざらにして、鼻と口がひとつの空間であることを

教えてくれる、
水平線から空が青く染まっていく。
いつの間にか美しくなってしまったアノードは「なにかが腐ることで生き延びることができるものも……」と言って、言葉につまる。川か海かわからない水面をすべる船が沈黙をつくった。そうして朝日を浴びながら言う最初で最後の

「またね」
またね

さっき、つまり深夜二時。マッチングアプリで出会ったふたりの、ふたりきりの部屋でカソードはひとり椅子に座っていた。テーブルに置かれた小さな卵みたいなプラスチックから長さの違うふたつの金属の線が伸びている。長い方がアノードで、短い方がカソード。それは秋葉原で買った十個で百十円の青い光、ひとつ十円。ふたつの卵の、それぞれのアノード

とカソードをつなげたとき、背後から寝息が聞こえた。一方の卵にiPhone
のあかりを近づけると隙間から白い光が漏れつつ、もう一方が青く光る。
光が電圧を生み出し、電子が走り出すことを光電効果と言うらしい。

アノードが育った町の田んぼ
は、
数年前につぶされた。代わりに
地平線の彼方まで並べられた黒い板
は、
太陽の光を電気にするらしい、
生活が明るくなるらしい、けれど去年の地震で全部こわれた。

この部屋にはふたりがいるけれど、ひとりは夢を見ていて、もうひとり
は青い光を見ている。ふたつの卵のひとつは光を当てられていて、もう一
方は光を発している。名前を知らないから、少し遠くにある寝顔に声をか

けることもできない人。アノードとカソードのあいだで目には見えないものたちが動き回って飛び出し部屋のなかを走り回ったせいで伸びるふたつの影、
になれたならふたりはもっと幸せになれたかもしれない。

不必要に明るいトイレに入ると遠くにあるものが大きく見えた。半透明の卵のなかから、その網膜の奥までピタッ、と直線が引かれると同時に灰皿から伸びる煙のせいで湿った目尻。アノードとカソードは電気を流すだけ。でもふたつをつなぐ卵のなかにある半導体は、
それを一方通行にする。
その向きは充電のときと放電のときとで逆になるから、どちらがえらいとか、そういう関係ではなく、だれかのおかげでつなげられた私たち。

閉じられた回路のなかで、
押し出された電子たちがアノードとカソードのあいだをグルグル走り

回ると薄暗かった部屋がぼんやり照らされた。本棚もテーブルも食べ残したコンビニ弁当のデロデロした米もすべてが灰のように見え、つつも、網膜の半分が死んでいるのを感じたカソード。

テーブルの向こうにある剥き出しの肌、が、いちばん白く、あとは黒い、くらい。見えているの、が、肩なのか腰なのか。この腕の関節でないところの筋肉をこわばらせると

少しだけ向こうまで指がのびる。

そうしてみてもとてもとても冷たく硬い板にこの爪がぶつかって鈍い音を立てるだけ、にもかかわらず、あの剥き出しの肌には手足が胴がくちびるがあるから一方的にこの腕をつかみ、撫でることができる名前を知らない人。の、直線のない塊。は、やわらかい。それぞれの指先で左右に振り分けられたアノードとカソードは駅前のマルイで待ち合わせをしてカクカクしたビルの隙間で串焼きを食べて醜く太ったまま、ふたりきりの部屋に入った。名前の代わりに年齢を確認するアノード。足元に投げ出され

たリュックのなかにあるのはモバイルバッテリー、ハードカバーの重たい本、替えのパンツ、十個の卵、歯ブラシ。


（はじめまして！）

（食事などできる友達をさがしたくて登録してみました。初心者なのでまだまだ使い方わかってませんが……）

（はじめまして、お食事よかったらしましょう！）

（ぜひぜひです）

（次の月曜日か火曜日とか、どうですか？）

（火曜日あいてます！）

（お、では火曜日に！）

（あまり東京に詳しくないのですが、おすすめのお店とかありますか？）

（夜ご飯にします？）

ウイスキーの注がれたグラスが薄暗い部屋の照明をねじ曲げて折りたたむことで、ちいさくも力強い光の束をテーブルのうえにつくりだしたとき、なにを見ているのかわからなくなった。

「明日、何の日か知ってる?」

答え合わせできない未来について考えることだけが、ここにいることを肯定してくれる気がしてた

左回りの時計を作っても過去に行けるわけもなく時は進む、もし顔より先に名前を知っていたらどうだったかな、どうしようもなく、どうにかなってしまえ。と、思ったからシャワーの音を聞きながらなにもできない。一度も必要とされたことのないものたちが洗い流されたからくっつくことができる肌と肌、行き来する電子。白く濁った乳液を肌に馴染ませる。

ハイライト・メンソール

はじめての緊急事態宣言。静まり返った街で布団に潜ったまま、ひとりきりの僕は、汗ばんだ指でiPhoneを汚しながら何が真実かも分からない。色々なニュースを読んでひたすら不安になっていく。死んでしまうにはまだはやいし、もう少し生きたいし、痛いのは嫌だな。コンビニで買ったタバコのパッケージさえアルコール消毒したし、マスクは百枚買った。やることがないから毎晩ビールを二杯飲んで寝る。とても普通。

昨日、ひとり死んだ。明日はふたり。明後日は？　この街にはまだ葬式がない。大きな船が港にとどまり続けていた。きみの身体はまだ分類されていない。身体から白い液体が出たとして、それを自分で飲み込んで赤い血を流し、まぶたを汚して遠くを見てる。そうしていくつもの役割をこなしながら他人を笑顔にしてんのね、きみは。

夏休みの保健室には誰もいない。この街には葬式がない。校庭に出ると、そこには大きな白い球体が浮いていた。また青い子どもたちがやってくる。死んじゃってもどうしようもないから死なないでね。黒い防弾チョッキを着た特殊部隊が窓を割りながら、教室のなかに転がり込んでくる。黒板とチョークがぶつかる音で目を覚ましたから、明日と昨日を入れ替えてコンセントに差し込まれた充電器をライターで炙る。緊急回避。概念が情報に侵食されていく。インターネットの向こうで火事が起こる。この手の上の地球には起伏がなく、そこは塩水が塗られただけの平らな球だった。何かの間違いで迷い込んだ一匹の魚が死んだとき、地球の平たさは失われて、存在がはじまった。

目を覚ます。誰にも会ってないのに手を洗う。

新しい死体

はじめに死体があった。
それは平らな世界から与えられた現実。残されたのは告白である。

（窓が開く音）

いつまで
待たせるんですか

（ため息）

適切な距離というものがあります
「距離」を守らなくてはならない

ということは同意していただけますね

まず
これだけは分かって
おいていただきたいんですが
私だって
傷ついてるんですよ

ええ、まあね
疑うのは自由です
でも
私にも疑いたい気持ちがある
だけど私がなにを信じているのか
それに
あなたが干渉することは

できませんから
そうしましょうか

（ページがめくられる）

仕事が終わってドアを開けると
すでに日付が変わっていました

はい、そうです
そのことは
覚えています
駅前のコンビニで買ったお酒を
ひとりで飲みながらマンションまで帰りました

たぶん、そうですね
だけど過去を変えることは
できません

蒸し返すような夏の熱気を
そのまま保存したみたいに火照った
ままの身体は

（パイプ椅子が軋む音）

汗でベタついていました
服を脱いで
シャワーを浴びました
鏡に映る下着の跡が
いつもよりも赤かった気がしました

競い合わされる日々に疲れていました
最後に太陽が沈むのを見たのはいつでしょう?
それでも今日は昨日になる
身体を洗っているあいだは
連絡を返さなくて良いから軽くなります

タオルを手に取ると
蒸気で濡れた
脱衣所の向こうの、
玄関の
電気がつきっぱなしだったので
その光を消そうとしました
むりでした

そうです

転がっていたんです、死体が
指先の白い
爪は
綺麗に切り揃えられていました

最初は死んでいるのかどうかなんて
わかりませんでしたよ
酔い潰れて
間違えて
入ってきたのかもしれない
と思いました
でもね
死体を見たのなんてはじめてでしたけど
なんとなく
分かるんです

「これは死体なんだ」
って
腐臭
とか
そういうのではなくて
「夏に降った雪」
みたいな
冷たい非日常が突然吹き込んだみたいに
胸の奥の方を乾燥させる
そういう不気味さを
感じました
ミステリー小説を読み終えたみたいに
肋骨の隙間が軽くなる感じ

（水滴の落ちる音）

まだ私の指は濡れていて
結果的に光るフローリング
明日が今日になる
玄関に転がっていたのは
昨日の恋人でした

（グラスを置く音）

今となっては
私にとってだけ特別な
思い出
私が死ねば誰も思い出すことのない
思い出

（砂が吹く）

待ち合わせの一時間前に通り抜けた改札
遠くでまわる観覧車
夏の陽射しに包まれた水族館

水槽のなかの魚たちの目は
生きていても、死んでいても
同じように
きらきらと
ひかっているんだろうなって
濡れた光で
半分だけ青く冷たくなった笑顔が
あの日と同じように

（海が届く音）

あなたが喋ると
視界が曇る
音がする
私だけの思い出
死んでいても、生きていても
同じように
透き通ったままの肌を
撫でた

玄関に転がる死体は
うつ伏せでした
ベランダで煙草を吸いました
昨日の

（ページがめくられる音）

今日の
明日の
繰り返される現在が
過去に向かってほどけていく
そんなふうに思える身勝手さが
あなたの首を絞める
平面になった海に

映り込む私
肺呼吸しながら
鰓呼吸する魚たちと同じ高さに立っていた

「そういえば顔を見ていない」
と、思いました
冷たい

(バスタオルを畳む音)

白いシャツに包まれた
肩を手前に引き寄せ
抱き抱えるみたいに仰向けにしたんです
うつろに開かれた睫毛の向こうで
すべてが翻訳される

（はじめまして！）
（食事などできる友達をさがしたくて登録してみました。
初心者なのでまだまだ使い方わかってませんが……）
（はじめまして、お食事よかったらしましょう！）
（ぜひぜひです）
（次の月曜日か火曜日とか、どうですか？）
（火曜日あいてます！）
（お、では火曜日に！）
（あまり東京に詳しくないのですが、

おすすめのお店とかあります？）
（夜ご飯にします？）

珍しいことでないのは
わかっています
こうしたことは、毎日どこかの玄関で起きています
だから私にできるのは
誰だかわからない死体を
別のどこかへ送り返すことでした
隣の部屋でもよかったかもしれません
しかし、人生で一度だけ
何かを殺せるのなら

（世界がめくられる）

落下する二人の皮膚の表と裏をチグハグに縫い合わせると、それは泳ぐ

魚になった。産毛の生えた魚の、網膜のねばつきで濡れた皮膚は火照っていた。骨のない景色と出会えたことがうれしい。

おそらく
他のひとの供述と私の告白は
矛盾している

そうでしょう
つまり、私たちが立ち会ったのは
人生を持たない死体なんです
すべての死体が人生を持っている時代は
終わった
だから
「ただいま」
という言葉を聞くと

嘘でも、甘くて溶ける
ドアを開けると、そこは
白い教室で
統計の方法論についての授業が行われていた
データになった私たち
の、その法則をノートに写しとる
遠くからやってきたのは
半分だけ死体になったあなた
の、

　指に刺さった　映像で
　つくった水面　骨と風
　抜ける映像
　少しずつ過去が
　抜ける、そして

皮膚を剥がすと
最終的に私と同じ顔をした、その人
の唾液のかがやきで
こぼれた私
の体液の
かがやき
を
ふたつの異なる出口から溢れた
透明を
かき混ぜました

そんなことはわかっています

（ページがめくられる音）

（景色がめくられる）

両目の奥が
白いペンキを塗られたように
急速に乾燥するのを感じました
私の指は、まだ濡れている
そうして、私は、ゆっくりと

ちがいます
この熱は、知らない誰かによって生じたものだから
私が、あの死体と無関係であることだけが
骨盤の奥を熱くしたんです

診断の結果？
そんなものに興味はありません
でも、処方してもらった薬は毎日飲んでいます

なんだか、肋骨の隙間が軽くなる感じ
それが気持ちいいんです
時間がゆっくりになって
遠くから声が聞こえる
その声は褒めてくれる
そうすると嬉しくなる
嬉しくって泣く
だけど、こうして返事を待ちながら
ひとつの関係が終わるのだとしたら
それはとても
さみしい
夢を現実にするために沢山の水を飲みました
そうして
脳の運動を筋肉から切り離すことができる
死体が羨ましい

昨日が一昨日になる
過去が過去でしかない人々が羨ましい

（ページがめくられる）

ひとりきりの部屋で、
他人（昨日の恋人）の
顔を見る

キスをしました
それは繰り返し書き換えられ
会ったことのある人と、会ったことのない人の
顔になった
映像の恋人
薄い唇の隙間から垂れた

透明な唾液はまだ濡れていて
だから、
少しずつ暖かくなっていく身体
血を巡らせずに陰茎を硬くする身体
の
骨盤の、奥の方が熱くなって
生え際が濡れていました

私の寝息で揺らぐあなたの頬の毛を抜いて、睫毛にする。この左右の目蓋に細い毛を埋める。そうすればずっと見ていられると思ったんです。一緒にいるより、ずっと眺めていたかった。戦争のニュース、明日の朝食、帰り道で撫でた犬。すべてがあなたより遠くに存在するようになった。あなたと私の同一の同一性。あの頬で透ける金色はきれいだった。揺れていた。あの日の水平線みたいになりたかった。あなたの睫毛だけが、私を世界から隔ててくれます。

（ページがめくられる）

（沈黙）

え？
そんなことまで言わなくてはならないんですか

一度だけなら
話してもいいです
でも、次のチャンスはないから
私はそれを削除します

彼女の独身者によって裸にされた花嫁、さえも

オナニーは自己の生理調節だけではなく、増殖し収集不能になりつつある記憶、思い出などを「管理」するための、きわめて人工的な摩擦運動である。

身体が分割される。しかしそれは「ふたつになる」ということではない。ひとつのままでふたつになるのだ。自らの身体が想像を受肉して、自分自身との対話が開始される。終わらない運動がはじまる。触れることと触れられることの界面となった身体が震え、触れる身体と触れられる身体を現実の外へと押し出していく。くしゃみができないから、もう作品はつくらない。ひとりの男が男であることをやめて、制作をやめて、何もかもをやめることすらやめることで開始された物語。彼=彼女が最後にしたのは、つくることではなく名前をつけることだった。

魚の眼であつたならば

機能や目的を持ったものが、それらすべての機能や目的を失って眼前に置かれている。これはなんなのだろう？　白い壁に、四角い板が引っかかっていた。表面にはさまざまな透明度の塗膜が重ねられており、不透明なザラザラの上に、粒子が——水溜りのなかを漂う土埃のような粒子が——見える。少し離れて見てみると、その板は小さな窓越しの景色のように感じられた。これは絵画です、と隣の青年が言う。しかしこの板が絵画なら、この板の上で四角く区切られた部分は？　それも絵画なんですよ。なにを言っているのか分からない。

歴史が、ひとつの生涯のなかでいくつもの仕方で組み替えられていく。父と母は、それぞれの信仰を持っていた。だから僕は別の信仰を求めている、作ろうとしている。しかしこうして作られていく幻影にどのような価値があるのか、分からない。

偶像崇拝という言葉は、宗教が、もはや宗教として十分に機能しなくなったことを意味するのだろう。

その言葉を発するとき、人は、すべての人々のなかの幾人かは、偶像として表象される契機となった事象を、事物を、存在を、すでに信頼することができなくなっているのだ。ああ。それはいまここにある絵画のことですか？そうかもしれないね。絵具がガサガサと画面に擦り付けられていた。

私たちは様々な技術を失いながら、失われた世界を表象することで歴史を築いてきた。忘却自体が忘却された地平で、私たちは生き生きと生きている。そして僕は……目的を失った遺構たちがひしめき合う「現在」という名の砂漠に、どうにかして自分も何かを置くことができないものかと機会を窺っていた。何かを喪失しながら、それ自体を推進力として新たな技術を手に入れて、世界を再構成するために。

何かが失われたのだという事実だけが主語を欠いて存在していた。

エレクトリカル・パレード

そんなにひからなくていいのに、あんまりひかるから、ひらかなくなった瞳孔。透明になった（前が見えない）。ひらいた花弁を閉じるみたいに、自分の気持ちを簡単にしてしまうことが怖いです。あなたが生まれた日のことを知らない僕が生まれた日のことを知らないあなたは眩しくひかっていた。今日が昨日になって、

波がひらく。

斜めになった太陽が
あなたの頬を　すべり落ち
影をめくって裏返す

遠い大地で鳴った空

風が吹いて乾いたから
震えられないものたちに
氷の温もりを教えたい（誰かここにきてよ）

泡立つ肌でゆっくりと
すべて言葉が剥がれてく
あなたの吐息、爪、言葉
海、時、シ　こぼれてく

数え切れない花びらのシ
知らないことが多いから
離れられない　のではなく
秘密を育てて増やしたい

だから隣を歩かせて

うつくしい。「うつくしい」という言葉の、その理由を知れる気がしたんです。だから隣を歩きたい。昨日より世界がひかるのは、あなたがいるからだった。あなたの知らない時間をできるだけ過ごす。ありがとうと、ごめんなさいが産声をあげる。でも音にならなくて震えた。呼吸の仕方から確認する。右足を上げて、体重を傾けて前に向かって転がるのを、右足の裏で受けとめる。止まる。次は左から転ぶ。止まる。前に進む。

転倒の失敗だけが、歩くことでした。だから隣を歩きたかった。今日が通過して昨日になる。空が染まる、青へ。転ぶ。落ちる。

そうして前に　すべり落ち
前へ前へと進む窓
空が、景色がめくられる

肌をなめたい　なめらかな
冷えた風になめられた
遠いビーチの味がする

熟れた桃から滴れた汁
波がひらいて、滑る砂
それは僕の骨盤だった
お願い今だけ握って

もう転べないよ。大地は遠い。現在の僕に残されたのは生まれたての赤子と同じ個数の表情でした。

すべての音楽は人間の歩行を模倣しているらしい。

涙—5

いつも一人だったから、
いつの間にか名前は不要になった。

薄い粘膜に包まれた起伏のない星。ここで死んだものたちは、腐らず、ほどける。だけど僕は、また波に揺られています。少しだけしょっぱい。肉は透明な小魚の群れに食まれて散ってしまった。だけど、その透明たちはいつのまにか爪になり、渦潮の白が骨になる（あるときは爪が小魚になる）。水面に映る太陽は百合の花弁のようにひらいて、裏返り、すべて包んだ。死んで、生まれて、僕は僕と出会う。繰り返し、

ほどけて、

あふれる皮膚。
もう一度　星が閉じ
光がめくれ
もう一度　僕は死ぬ

星が開いて
もう一度　生まれた僕の
生まれたての白い肌に
青い影
を、落としたいから
透明な小魚たちが泳ぐ
この星は開閉し、そして、海が

（わたしはね

（もう少しだけ甘えたかった

（でもしょっぱいよ

（ごめん

（だから約束して

ほどけて、僕は
あふれ、複数になる

言いたくないことだけが私の声になった。だから逃げたくて、夜を歩く。街を照らす小さな光が眼球の中心を通過して脳で散った。曇りガラスで遠くが見えないあの部屋のことを思い出した。たくさんの会話がほどけて、離れてゆく。
だから、
ゆっくり上下するまぶたから
こぼれた海が
つたう、つたう
すべてが海になって
つたう

僕は
波に揺られながら
ふたつの手のひらをくっつけ
この指の隙間をあなたの指が通過して、あなたの指を僕が通過した。いいえ、その十本はすべて彼女自身のものなのよ。ちがうと思いたい。しずかに鱗が落ちて、皮膚になる。指がからみ、海がつたう。落ちる。指の側面からひろがる視界。差し込まれたきみの肌は白く、すべすべと透き通っていた。それはあの人に似ている。わたしのなかのあなたが、混ざる。水面から顔を出した僕の耳の奥から海がこぼれる音が鳴る。濡れた視界が乾いて「健康には気をつけてね」と、別の青年が言う。また星が閉じて、
僕は死ぬ
コピー機の隙間から、青緑のひかりが溢れ（こぼれ＝あふれ）
雷鳴が響く
涙の惑星では、二人の青年が愛撫しあっている。彼らは互いのふともも

を撫でながら、海に
ほどけ、
混ざり、
落ちて、
濡らす。

ふたりの視界は濡れていた。
近くにあるものも、遠くにあるものも大きく見え、
「もっといい人、見つかるよ」

わたしたちは誰？

（渦潮が骨になる
（僕は複数になる

（水面で伸びる太陽がひらいて皮膚になる

この星の真ん中には大きな穴が空いている。そこは液体状の水晶で満たされた暗闇で、そこに落ちた記憶は、新しいあなたになる。わたしになる。その網膜の上にはたくさんのあなたがいた。

わたしたちはいつも三人だった。

ぼくらが旅に出る理由

まだ未完成な身体の僕は、男にならないことができるように思えていた。少し遅れた成長期のおかげで、十四歳になるまで同学年の女子たちよりも身長が低く、細く、白かったから従姉妹のお姉さんに「かわいいね〜」と冗談まじりに言われることが可能だったし、それを笑ってごまかしながらも、自分は本当にかわいいんだと思っていた。しかしこの思い込みは外見によるものである以前に、僕自身の著しく低い視力によって作られた幻想である。

歳を追うごとに急速に落ちていく視力は、まず遠くにあるものから形を奪い、そして最終的に近くにあるものの質感を奪った。すべてが埃を被ったような世界のなかで、文字を滲みに変えた。このままでは授業を受けることすらままならないと考えた僕は、はじめてのおねだりを両親にする。そうして手に入れた眼鏡は、この身体がすでに男らしい筋肉に覆われはじめており、毛の生えた動物のような、あまりにグロテスクなものを股からぶら下げていることに気が付かせた。それはかわいくなかった。
つまり僕は、僕の身体についての印象を、まだ十分な視力を伴っていた十歳の頃のままで停止させていたことを知ったのである。今思えば、視力の回復こそが、この人生における最大の絶望であった。

と、そんなことが、父の日記には書かれていた。

かきなおしたいのになおれないぼくがいた

草の茂る土に染み込んでいく精液
この指先に複数の「私」が住み込む
ひとりであることの罪は
最初、オナンと呼ばれていた

あなたと同じ形をしていたかった海を抱きしめて

この手から落ちたグラスが割れなかったから僕はまだここにいます。でも何かが改善されたわけではなく、あくまで、いままでの延長にある今日が辛かった。床にひろがる透明な水。あの日の夕日が、僕には耐えがたかった。それにもかかわらず、それと同一の角度でこの部屋を照らす太陽の光。窓から見えるアスファルト。光らないスマートフォンを手のひらで温める。

ひとりになりたかったからレンタカーをひとりで走らせる。地方都市。あの人からの返信が来ないという事実は、あの日の夜と同じ景色があの日よりもはやく目の前で流れていく時間は、僕がひとりであることをただひたすら強調した。青かった空がどこまでも赤くなっていく。今日の僕の眼は、あの日よりも水槽のなかの魚に似ている。

車を停めて、山の上の公園に入ると遠くからオカリナの音が聞こえてきた。その音の原因を探す。海まで歩くのは流石につかれちゃうね。ほんとにね。車で送ろうか？　地元の女子高生が靴下を脱いで足を揉んでいるところに、散歩中の老婆が話しかける。つめたいお茶あるよ。その向こうで、僕より少し年上の女性がオカリナを吹いていた。

そこは見晴らし台みたいになっていて、眼下には市街地がひろがっている。いや正確には市街地だった場所が、フォートナイトのフィールドのような、様々な建築資材が断片的に組み上げられた、あまりに無機質な、現実にしては反射光のレンダリングが追いついていないような景色が、ひろがっている。それを背景にオカリナの女性は立っていた。

しばらく周囲を散策する。詩人のためだけにプログラムしたウェブページを更新する。一枚の画像だけを表示するウェブページ。URLを知っている人なら誰でもそこに画像をアップロードできる。でも新しい一枚がアップロードされると既にあった一枚は消去されるプログラム。まだ僕しか更新したことのないウェブページ。あの人のいる街に向かって落ちていく太陽の写真を撮ってアップロードした。その写真はカメラロールには保存されない。僕とあなただけがアクセス可能な場所にだけ存在するデータがあることに僕は少しだけ救われ、そしてより一層強い孤独を感じる。

遠くから井上陽水の「少年時代」が聞こえてくる。オカリナ。はじめてクリアしたゲームはゼルダの伝説シリーズの「時のオカリナ」だった。オカリナを吹いて時間の早送りができたなら、あなたからの返信で僕のスマートフォンは光るのでしょうか?

オカリナの女性に話しかけた。

ひと月ほど前に僕はここで告白をしたんです、でも良い感じなのか分からなくて。と言いかけて、あれはここで告白したことになるのか疑問に思って口ごもる。僕はここにいた、けれど、あなたは東京にいた。太陽はもう見えないけれど、空はまだ明るかった。

その女性は、眼下の景色について話してくれた。あそこに小学校があってね、津波で流されたの。あそこには家があってね、津波で流されたの。あそこには友達の家が、あそこには職場が、あそこには、あそこには、あそこには、あそこは、津波で流されたの。隣の家には寝たきりのおじいさんがいたけれど、津波でいなくなったの。妹はゲームが好きで百本くらいのソフトを持っていたけれど、就職のときに全部捨てたの。あなたたちはガレキというけれど、そのすべてが頑張って稼いで生きてきたことの積み重ねの思い出なの。ワクチンなんて打たなくていいの。親から授かった抗体を、この身体を作り替えてまで生きていたいとは思わない。市長はなんで人を集めてサッカー大会をしたの?

そこは見晴らし台みたいになっていて、眼下には市街地がひろがっている。いや正確には市街地だった場所が、フォートナイトのフィールドのような、様々な建築資材が断片的に組み上げられた、あまりに無機質な、現実にしては反射光のレンダリングが追いついていないような景色が、ひろがっている。それを背景にオカリナの女性は立っていた。夜がきた。

名もなき水族館

死体ってそんなに「モノ」って感じじゃないんだよ、と青いラブホテルで納棺師の女が言う。動かしたりしてると身体のなかの空気が声帯を揺らして声が出たりもするの、吹子みたいに。だから突然、あー、うー、とか聞こえてくるんです。でもあなたは生きてるから、そういうことなかったね。

父の、冷たくなった額に載せられた僕の手のひらは暖かく、あまりに違う。「おとうさん」と話しかける。もうどもることもないが、父からの返答もない。もうもどれない。しかしそれは父が無限にどもっているからなのかもしれない。この冷たく硬い身体のなかには、言葉が、意思があって、それが形を得ることなく、彼の歯と唇のあいだで解体され続けているのかもしれない。吃音。そこに主語はありますか？　あなたはまだ「僕」と言えますか？　その声を聞き取ることができないとして、その沈黙のなかでこの問いが肯定されてくれるのなら、父が死ぬことはなくなる。

その身体が腐り、ガスがたまって爆発するまで、僕は僕の家に動くことのない父を寝かせておきたい。しかしそれは法律で禁止されている。

だから僕は、別の世界を、名もなき水族館をつくるしかないのだ。

海がきこえる

まぶたから冷たい水があふれて、つたい、そして落ちていく。驚いた。ぬるい風がさわさわ吹く。頬がかゆくなって、歯茎の裏をくすぐられているような気分です（教えられた感覚）。壊れてしまった認識を直すことはできない。過去、現在。そんな諦念が、私たちのなかを通過した。不思議すぎる。

そして未来へ流れていく、あの涙は——確固たる熱を持った夏の風で揺れる風鈴の音が骨の内側から脳まで届くように——この身体の外にあっても、自分の人生の出来事に思えたのです。

あのとき、私たちは確かにひとりではなかった。砂漠に放置されたままの木々がうるおいを求めるように、重たくなったまつげが風で揺れる。

人生にとって重要なできごとは、長い生涯のなかの、ただ一年のあいだに生じるのだ。そんな一年の訪れを待つのが幼年期なのであり、そうした一年を思い出しながら生きるのが大人なのである。その一年のあとで、人間は海をきくことができるようになる。涙の意味を増やすことができる。涙で海をつくることができるようになる。

しかし、その一年は二度と繰り返さない。

あとがき

誰かを傷つけることと新たな作品をつくることのあいだにどのような違いがあるのだろうか？　世界に傷をつけないのなら、作品をつくることに何の意味があるのだろうか？

こうして詩を書くことは、世界を言葉にすることは、何かを傷つけることと無縁ではない。誰かのかけがえのない時間を、誰かの大切な場所を、勝手に言葉にしているのだから……だけど止まれかった。

詩を書きはじめたのは、アトリエがなかったからだ。大学生の頃は、学校のなかに散らかして良い場所があった。それがなくなっても何かをつくる手が止まらなくてパソコンのことがもっと好きになった。どこでも何かをつくることができる。満員電車のなかでだって、詩を書くことができる。僕にはそんな自由がある。帰る場所がなくたって言葉がある。それはとてもすばらしいことだ。

　この詩集は、そうした日々のなかでつくられた作品や展覧会、非公開の小説、私的なメッセージの下書きたちを再構成したカタログである。もちろん、「詩」として、あるいは「映像作品」のスクリプトとして、すでに発表したことのある言葉も多く収録されている。しかし当初の僕が、詩集をつくるために、それらの言葉をつむいだのかと問われれば「そんなことはない」と言わざるを得ない。

　それでも僕は、自分自身の思考が流れ去って消えていくことに抗うために、言葉を残していた。流れ去っていくものたちを忘れないために、日本語のあり方を考え直し、韻律に乗せたり、誤変換してみたりしながら言葉を尽くした。それは芸術形式としては、どうしても「詩」と呼ぶほかないものに思えた。それらはもはや、どのような現実とも無関係だった。

　だから本書は「詩集」であると同時に「カタログ」でもあるのだ。あまりに資本主義的なニュアンスを帯びた「カタログ」という言葉は、誰かとの出会いや別れに触発されながら、そうした相互関係を通じて得た言葉によって金を稼ぐ自分自身への絶望の表現でもある。

すべてが経済に巻き取られていく社会のなかで、本書もまた、経済的な淀みのなかに揺蕩う紙束に過ぎない。ここで言う経済とは「生産」と「交換」を取り違えることを可能にする枠組みのことだ。だがそれでも、言葉と出会うこと自体に罪はない。言葉は自由であって構わない。しかし締切があるし、今の僕もまた締切に追われている。あなただって何かに追われているかもしれない。すべての理由は経済である。

それでも本書を世に出すことで、誰かが何かに追われている時間に、余白を与えられたらと思っている。そのために尽力してくれたすべての方々に感謝をしたいし、本書の成立にかかわったすべての人に心からありがとうと言いたい。

だけど芸術は誰かのためにあるのではない。感謝のためにあるのではない。取り返しのつかないような傷の可能性と、それでもどうにか何かと一緒になって、歩いていくためにあるのだ。不在にキスをするためにあるのだ。だけどあなたの傷はあなただけのものである。しかし孤独であることは不可能だ。そう思わせてくれたのは、繰り返すことのないたった一度のかけがえのない出会いだった。

すべてがすでに失われた世界で、これからも僕は、言葉と共に歩いていくだろう。あなたもまた左右のない世界を歩いていくだろう。そのための、顔のない出会いの場所として、『涙のカタログ』を残しておく。

初出、出典

01 黒より冷たい海のメディア――『文學界』文藝春秋、二〇二二年八月号、巻頭表現。

02 Still life――個展『純粋詩展　Still Life』アートスペース参加、二〇一六年。

03 涙―1――書き下ろし。

04 腐った親指――個展『原料状態の孤独を、この（その）親指の腐敗へと特殊化する』BLOCK HOUSE、二〇一九年。

05 涙―2――書き下ろし。

06 ボイジャーのゴールデンレコード――書き下ろし。参考＝NASAによる無人宇宙探査機ボイジャーに搭載されたメッセージ。

07 恋空――書き下ろし。参考＝美嘉『新装版「恋空―切ナイ恋物語―」』KADOKAWA メディアワークス文庫、二〇二一年。

08 キセキ――書き下ろし。参考＝GReeeeNによる楽曲『キセキ』。

09 ほしのこえ――書き下ろし。講義『ラブレターの書き方』のスライドより。参考＝映画「ほしのこえ」新海誠監督、二〇〇二年。

10 涙―3――書き下ろし。

11 骨が溶ける――熱海にて二〇二一年に知人に送信。

12 待機する――『自然のなかで起きている美しい現象すべて』Circus Tokyo、二〇二二年。クラブイベントでのライブライティングにて発表。

13 いたいから――『あるきだす言葉たち』朝日新聞、二〇二三年八月二三日夕刊。

14 葛西臨海水族園――イベント『左川ちか　トリビュート』コ本や、二〇二三年。

15 種の季節性誤変換――『現代詩手帖』思潮社、二〇二三年五月号。

16 あらゆる年齢の子供たちのためのパーソナルコンピュータ――書き下ろし。参考＝アラン・ケイ「あらゆる年齢の『子供たち』のためのパーソナルコンピューター」『小学生からはじめるわくわくプログラミング』阿部和広、日経BP、二〇一三年。

17 自動手記人形――書き下ろし。参考＝テレビアニメ『ヴァイオレット・エヴァーガーデン』京都アニメーション、二〇一八年。ダナ・ハラウェイ『猿と女とサイボーグ　自然の再発明』青土社、高橋さきの訳、二〇〇〇年。

18 涙―4――書き下ろし。

19 名前たちのキス――個展『名前たちのキス』SNOW Contemporary、二〇二一年。

20 ハイライト・メンソール――書き下ろし。

21 新しい死体――初出、改変＝個展『新しい死体』PARCO MUSEUM TOKYO、二〇二二年。

22 彼女の独身者によって裸にされた花嫁、さえも――書き下ろし。参考＝寺山修司『幸福論』角川文庫、二〇〇五年。金塚貞文『オナニズムの仕掛け』青弓社、一九八七年。

23 魚の眼であったならば――書き下ろし。参考＝左川ちか『左川ちか全集』書肆侃侃房、島田龍編、二〇二二年。

24 エレクトリカル・パレード――書き下ろし。参考＝東京ディズニーランドにおけるパレード。

25 涙―5――書き下ろし。

26 ぼくらが旅に出る理由――初出、改変＝『現代詩手帖』思潮社、二〇二一年九月号。参考＝小沢健二の楽曲『ぼくらが旅に出る理由』。

27 あなたと同じ形をしていたかった海を抱きしめて――石巻にて知人への送信、二〇二一年。

28 名もなき水族館――書き下ろし。

29 海がきこえる――書き下ろし。参考＝小松千倫の楽曲『海がきこえる』。

参考作品と本書には直接的な関わりはございません。

布施琳太郎　ふせりんたろう

アーティスト。1994年生まれ。東京藝術大学美術学部絵画科（油画専攻）を卒業。東京藝術大学大学院映像研究科（メディア映像専攻）を修了。スマートフォンの登場以降の都市で可能な「新しい孤独」をテーマに、絵画や映像作品、ウェブサイトの制作、批評や詩などの執筆、展覧会企画など幅広いメディアを用いて、アーティストや詩人、デザイナー、研究者、音楽家、批評家、匿名の人々などと共に制作をしている。主な個展や展覧会企画に「新しい死体」（2022／PARCO MUSEUM TOKYO）「惑星ザムザ」（2022／小高製本工業跡地）「すべて最初のラブソング」（2021／東京・The 5th Floor）、「沈黙のカテゴリー」（2021／名村造船所跡地〔クリエイティブセンター大阪〕）「隔離式濃厚接触室」（2020／ウェブページ）。参加展覧会に「時を超えるイヴ・クラインの想像力」（2022／金沢21世紀美術館）など。「文學界」「美術手帖」「現代詩手帖」「ユリイカ」への寄稿をはじめとし執筆活動でも注目を集めている。受賞歴に、平山郁夫賞（2022）、第16回美術手帖芸術評論募集「新しい孤独」佳作入選（2019）。

涙のカタログ

2023年11月10日　第1刷発行

著　　者　布施琳太郎
デザイン　八木幣二郎
装　　画　押見修造
発行人　宇都宮誠樹
編　　集　山田菜穂
発行所　株式会社パルコ
エンタテインメント事業部
〒150-0042 東京都渋谷区宇田川町15-1
https://publishing.parco.jp

印刷・製本　株式会社加藤文明社

Printed in Japan

ISBN978-4-86506-434-6 C0092
落丁・乱丁本は購入書店をご明記の上、小社編集部あてにお送りください。
送料小社負担にてお取り替えいたします。
〒150-0045　東京都渋谷区神泉町8-16 渋谷ファーストプレイス
株式会社パルコ パルコ出版編集部